nômades e fortes

natália menhem

nômades e fortes

Quixote + Do

EDITORAS ASSOCIADAS

as coisas estão no mundo
só que eu preciso aprender

Paulinho da Viola

não fique confuso
muso de alguma obra-prima
pode ser tudo amor
à rima

Alice Ruiz S.

Para minha avó Rachel, a dona das mãos
mais macias que já conheci.

Para minha mãe e meu pai, Pilar e Leo.
Para minha avó e avôs que não mais estão, mas são
a origem de tanto, Therezinha, Anuar e Pancho.
Para minha fada-madrinha, Laila,
e meu padrinho, Evando.
Para meu irmão, Felipe.
Para minhas afilhadas, Clara, Flora e Isabel Morena.

nem eu sabia
que podia amar tanto
e ao mesmo tempo.

parece que pude.
hoje, tudo já é diferente.

ainda não sei o que me agrada
nesse novo instante.
estou em outro tempo.

só durmo na alta
madrugada, conectada à noite
que passa.

sigo mais perto
do silêncio
que da voz.

nômade e forte

no bairro ao lado
cabelo em coque
um olhar que bagunça tudo aquilo
que parecia estabelecido

nas nuvens multicores
que atravessam meus horizontes
incansavelmente

na américa latina
de olhos amendoados
cheiro bom

naquelas palavras
páginas e mais páginas
que me fazem companhia
nas noites não dormidas
e nos momentos sem ar

ali ao lado
só sorrisos e silêncios
presença macia
como sua barba

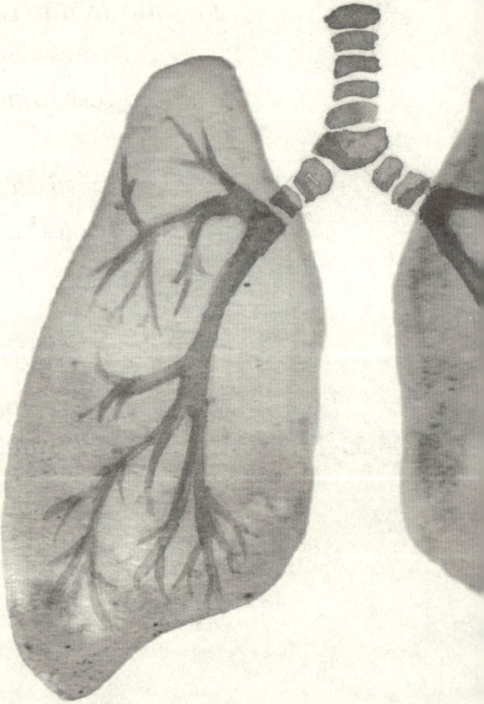

no chocolate das orquídeas
que florescem sob meus olhos
com um perfume que tenho vontade de engolir

sentado na poltrona em frente
mãos largas e quentes
abraço de urso
(nos dias bons)

do outro lado do oceano,
pele de seda em suas poucas horas
que me valeram uma vida

n'algum lugar aqui dentro
que nem sempre consigo apontar
acompanhado de taquicardia,
suspiros ou respiração profunda

é onde mora,
nômade e forte,
meu amor.

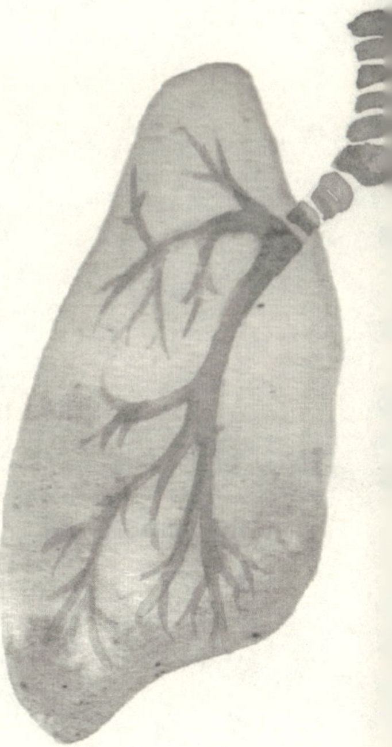

nós, que fomos

fomos.
até me parecer mais que suficiente,
até eu ver que já não éramos
e duvidar que eu era
– mas eu era.

se viermos a ser
somos
de novo

gostava muito que não parecesse jamais suficiente
pra não se esvair aquele quê
insatisfeito, ausência-vazio
cujo esgotamento-preenchimento
nos levaria ao fim.

o nosso amor a gente inventa
pra se distrair... (Cazuza)

como você nunca saberá

te amar me ensinou muito
sobretudo sobre mim

a espera por cada nova mensagem,
enquanto ainda sentia tua pele

o medo de quem eu já havia me tornado,
tomada por aquela paixão

a especulação de qual seria a tua sombra,
enquanto teu cheiro não me abandonava

enquanto eu busco entender o que não existe
e desimaginar o que existe,
as coisas já são.

como és em mim
de um jeito que nunca saberás explicar.

e vice-versa.

besta

ainda me atrapalho
com o sentimento desarranjador
que você locomove
dentro de mim.

me sinto besta.
logo quando queria me sentir pronta,
logo quando queria que querer bastasse,
e que seu cheiro me acalmasse.

• • •

demorei a perceber:

besta mesmo é não aceitar que um sentimento
pode ser *trem*
vivo
arrebatador

como se eu não estivesse viva
como se não fosse humana

como se fosse possível
voltar a ser o que já fui
– **e manter o foco!**
depois de ser,
inteirinha,
arrebatada pelo desejo.

isso não é uma declaração de amor

nos conhecemos
há tantos anos
e só agora fui conhecer
esse seu sorriso

logo agora que seu bigode
tem uma mecha branca
que cai tão bem nesse sorriso
seu pra mim.

não é que eu não imaginasse
é que coisa de p e l e
quando é bom é inexplicável
e melhor ainda.

engraçado é explicar
que isso não é uma declaração de amor
é uma declaração de « que sorte que juntos
pudemos ser inexplicáveis »

por duas noites.
e ponto.

rompantes

achei que agora já soubesse
como lidar com rompantes
mas se eu soubesse
não seriam rompantes

achei que soubesse lidar
com impossibilidades

fui pega desprevenida
pelo redemoinho nascido em mim
depois que você reanimou meus sentidos

estou acuada
levemente desorientada
farejando novos cantos
pra ver se me reencontro
(em mim)

quem diria que um olhar teria esse poder
de remexer uma estrutura inteira.

agora, no auge desse remelexo,
passo noites em claro.

respiro – com muito cuidado! –
pra não confundir os sentimentos
que me atrapalham os sentidos

as palavras incontidas
me saem, bêbadas (de cachaça)

ensaio. apago.
refaço.

elas têm vontade própria
já saíram quando nem eu as entendi
fazendo estrago, causando confusão
e remorso.

parece que não as acerto.
parece que tá tudo por um fio.
ocupo o silêncio sem discernimento
e inadvertidamente...

logo eu:
que achava que agora já soubesse
um pouco mais das coisas.

fantasia

nunca houve um momento
em que aquele tempo não fosse limitado

mas, depois que meus olhos te falaram
de um corpo em festa
sob teu corpo

depois que acordamos
exaustos e felizes
logo depois de fechar os olhos

ansiamos por um tempo que não se esvaísse
ansiamos que aquele tempo não se esvaísse
e não nos sobrou nem o tempo possível.

fuga

acho engraçada minha teimosia
se quando te senti por perto,
eu já sabia.

não leve a mal:
se desviei o olhar
se julguei teus gestos
se esparramei falsas verdades

ainda tento fugir quando vejo a onda se aproximar:
o coração palpita,
a respiração encurta,
acho que não sou de (a)mar.

mesmo sabendo que se tivéssemos nos chocado
ele todo entraria em festa
e nos abraçaria, alegre
pelo toque dos olhares
que me arrepia por dentro
me atrapalha e me aquece

lábios roxos
bochechas coradas
olhos renovados
levo comigo teu olhar
e tua flor.

(é para fortes
se deixar bagunçar
e já ser outra
logo depois
que você sair)

pequenos colapsos inofensivos

será que nossas conversas também pairam nas suas memórias nos momentos mais apropriados?

já varri minha mente e meus afetos pra tentar entender por que com você é assim: continua por aqui dias depois de cada último encontro. muitos dias. já contei n motivos – pelo menos quatro, mas acredito que sejam mais – para te varrer, eu mesma, de minha mente.
que servissem pelo menos pra minha respiração não se perturbar tanto toda vez que estou pra te encontrar. gosto quando chego e você não está à porta. quer dizer, imaginava chegar e já pularmos as cerimônias. eu me jogaria no seu pescoço, sem delongas. no entanto, você não está à porta, e então posso respirar. silenciosamente, acomodo fôlegos e sentimentos, para parecer um lago profundo e plácido – à primeira vista.

ainda assim, bastam algumas palavras e alguns goles, e as palavras me saltam de dentro como lágrimas incontíveis. tenho mania de te dizer coisas, de te dizer bobagens, de te dizer certezas. tenho mania de parecer boba, de sentir que não sei, logo o que mais devia saber.

e, em apenas dez minutos, decido que é só isso mesmo, e talvez esse seja definitivamente o último encontro no qual me colocarei a sentir assim por nada. tento ser blasé, enquanto busco me reencontrar, já que teimo em me perder de mim na sua presença. e quando acho, agora sim, tudo sob controle, você se senta ao meu lado... e, depois de tantas histórias, tantos anos, tantos aprendizados, gente, como continuo boba!

não achei que me veria novamente ali, ouvindo meu coração, enquanto você fala, ouvindo meu peito, enquanto olho para suas mãos, sentindo sua pele, antes mesmo que ela encontre a minha. parece que, apesar de tudo, ainda sei. mas, na sua presença, parece mesmo é que estou reaprendendo a ser quem sou. lidando com sentimentos que não me habitavam até muito pouco tempo atrás.

não sei explicar o que sinto, e, enquanto tento entender, minha respiração se torna ofegante. transborda. cada dia mais gosto da sua presença de forma diferente. em algumas horas desejo com convicção desistir do papo, do convívio, de qualquer outra coisa além do papo. em outras, desejo. desejo, fervorosamente, apenas. um sentimento asperamente real do qual não quero me livrar, pois, acima de tudo, me faz viva.

demorei a entender, mas percebi: que não são as nossas conversas que pairam em minha memória, mas a minha tentativa. era aquele sentimento, meio tangível, meio etéreo, de que o que havia mesmo era a distância – um abismo – e que sorte a nossa termos nos encontrado assim, por aquele único instante, entre tantas outras possibilidades. antes do amor, houve o desejo e a vontade de que o desejo fosse também amor.

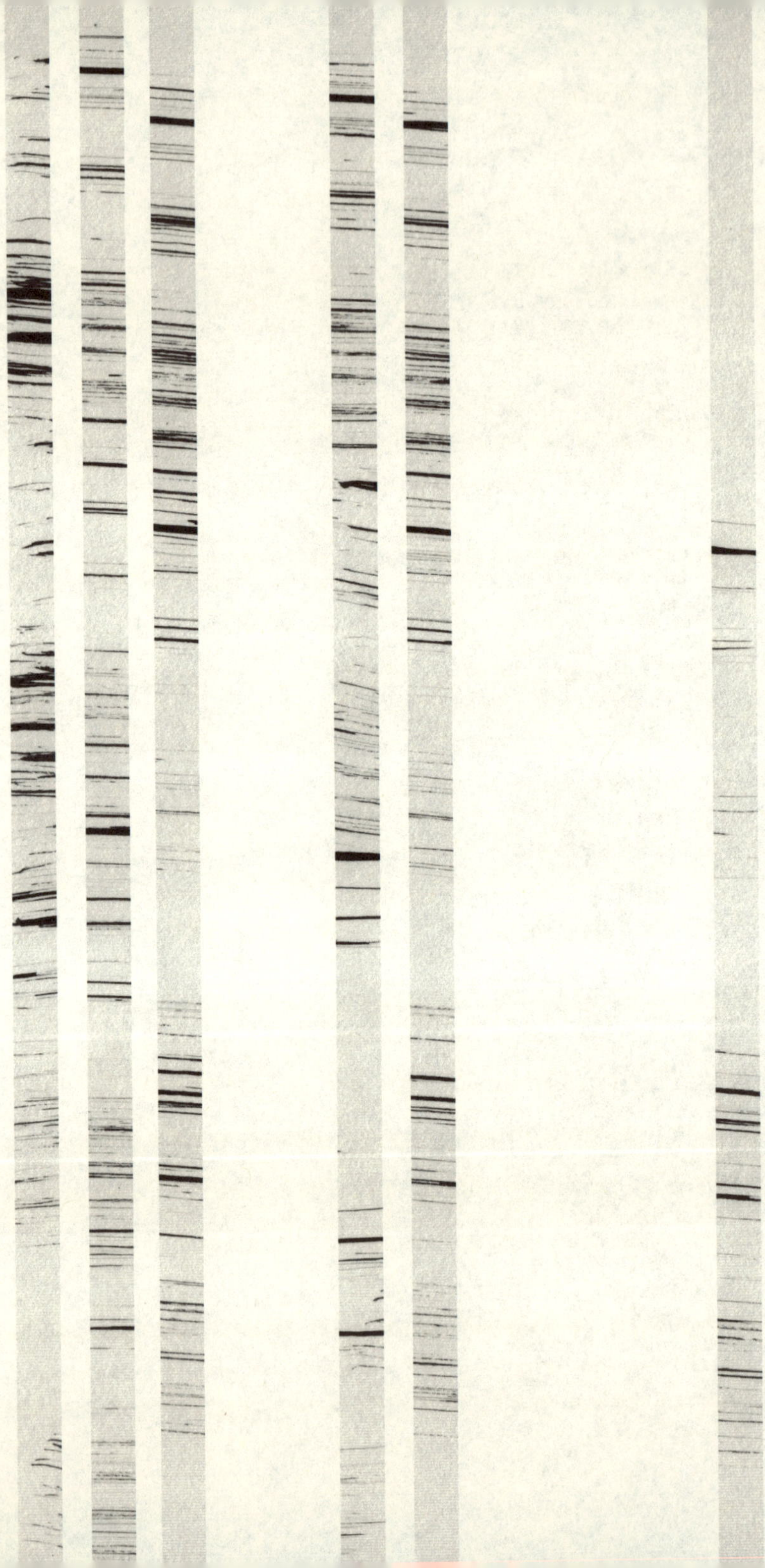

interrupções

uma mensagem
após a outra
pausa para o café
tecemos novos diálogos
intervalo para o banheiro
por áudio ou texto
cada um a seu momento
café no coador
em seu espaço-tempo

entre mensagens espaçadas
madrugada adentro
pensamentos interrompidos
um sinal aberto
uma porta fechada
já não sei a qual mensagem você se referia ontem
nem sei se tem tempo de aprofundar esse diálogo
que às vezes é monólogo
e me deixa submersa
observando, em mim,
os reflexos de seus pensamentos interrompidos.

etéreo

queria ser capaz de ouvir
todas as conversas
que um corpo pode ter
apenas com outro corpo

o que diz quando dança
através das horas
como sussurra e festeja
ao encontrar outros

e como não se esquece,
virando arrepio constante
até que aquela memória se dissipe.

o corpo conhece caminhos
e sente coisas só dele.

as palavras muito se esforçam
para explicar o que o danado sempre soube
e jamais saberemos definir.

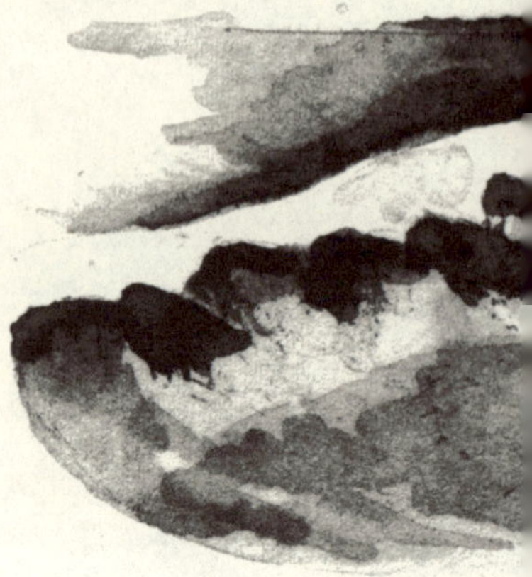

não dito

do que falam
as pedras?

como falar de amor
com alguém que nunca parou pra ouvir
o que têm a dizer as pedras?

como viver o amor
sem ouvir o que gritam
as pessoas silenciosas?

como navegar juntos pelo amor
sem dar ouvido
aos silêncios?

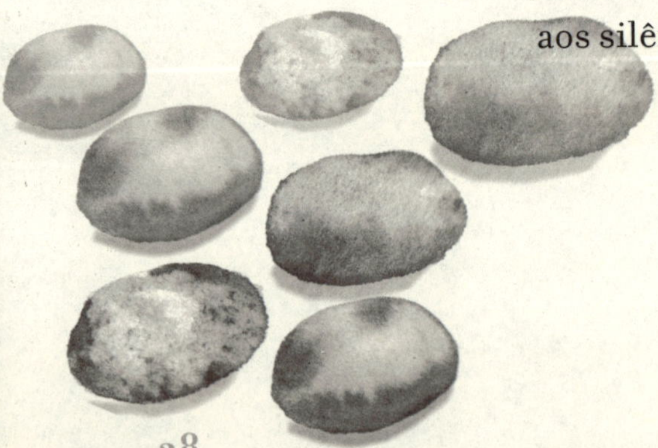

sabíamos que o tsunami viria

mas pensamos:

sobreviveremos

(conosco será diferente)

olhos polares

ele até disse
que tinha medo
de quem podia vir a ser
e do que podia vir a fazer:
tinha medo dele mesmo.

eu não.
quando eu o olhava,
mesmo na memória,
não podia acreditar.

alguém com aqueles olhos
não poderia ser qualquer outra coisa.

talvez seja esta a dor:
sentir na pele a frieza
que seu olhar nunca vestiu
ao me tocar.

autoengano

sabemos:
isso não tem nada a ver com as pessoas
que aqui tardaram
copos sujos
cinzeiro cheio

estímulos
interações
distrações
preenchimentos

quanto mais miro o vazio
mais me encanto com o muito que há
mais me distraio compartilhando percepções
mais percebo a falta que me faz

quanto mais compartilho
temo menos o espaço para o vazio

tenho menos espaço
necessito mais vazio
mais espaço:

compartilho.

sabemos que o sabemos é tentativa malsã
de te trazer pra perto
num lugar de quem sabe de mim tanto quanto eu
como se eu acreditasse nisso
mesmo por aquele instante – apenas.

eu sei.
e mesmo sem o sabemos
mesmo sem você na minha vida
mesmo sem aquelas convidadas
mesmo sem o outro

isso tem a ver comigo
e minha fome de me saber viva
– vivíssima. comigo.

reencontros

1

silêncio. e o incômodo pelo silêncio.

aquele era um dos sinais: todo fato traz
evidências mesmo que quase nunca se
queira vê-las. o silêncio que se mantinha
depois daqueles longos dias era uma
evidência (embora parecesse provocação).

um silêncio arrastado, que eu nunca saberei
o quanto te custou, logo em um momento de
êxtase e reencontro (pra mim, provação). a
domesticação do sentimento, ressignificando-o
até que ocupasse um novo lugar.

as mãos frias, bochechas vermelhas e
euforia incontida, já em tons pastéis.

os olhos cravados:
os meus nos seus
os seus nos meus

tentando buscar uma aproximação de quem já
fomos um dia. e o silêncio.

2

nos enganamos quanto aos tons pastéis do desejo. minimizamos o encontro, achando que, se já estava esmaecendo, já era. nos enganamos ao nos enganar, ao não querer ver um sentimento como é. nunca fomos intocáveis.

logo, não haveria saída. vamos tentar mais uma vez: praticar o silêncio e a distância, brincar de ser prudentes: já que apáticos não conseguimos.

ainda no primeiro dia li uma carta que nos descreve senti sua respiração do outro lado da porta me mantive atenta ao combinado.

precisamos tentar o silêncio, precisamos tentar. logo eu, sempre tão cuidadosa com os perigos da vida, me esqueci do que me disseram ("esse momento é perigoso!"). aliás, me lembrei, e fiz troça de quem disse, antes de esquecer de novo. pra de repente abrir um caminho – uma artéria sem margens pra se apoiar enquanto se sente o fluxo passar – de destino desconhecido.

3

desde quando
sinto sua falta,
você nunca
me largou

me pergunto como pode
um sentimento adormecer
uma presença esmaecer
e de repente ser tão
indispensável.

é o que sua presença se tornou.

indispensável em meu dia
indispensável em mim

você sempre fez parte da minha constituição
mesmo que você não saiba
mesmo que você não esteja

desde que você existiu em mim,
sempre fez parte.

4

o silêncio
o medo
a culpa

seriam sinais
da impossibilidade?

a impossibilidade e o desencontro
são artes difíceis de se aceitar
– mesmo que você não concorde
(ou principalmente por isso).

silêncio.
e o incômodo
pelo silêncio.

sobre o que virá

olhei para tudo ao meu redor
menos para o inevitável

saber que não é pra sempre
não faz do fim indolor

ouvir mais aquilo que se repete ao nosso redor
ao invés de olhar para tudo,
menos para o inevitável
– e para o que ainda não há

ouvir mais:
o silêncio, o som que falta

impossíveis

sem poesia
nem nada,
tento ser breve.

vivo num paradoxo sem fim,
estou que sou pura contradição:
coisas dos vivos, né?

o alívio se misturou com lágrimas.
vontade de não falar,
porque a vontade de falar é muita.

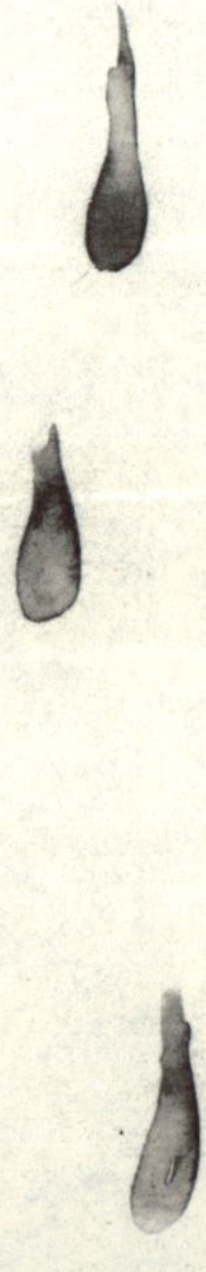

vontade de não ver,
porque o desejo de estar
é demasiado.
intuições que brigam, se perdem, se angustiam.
não, não há mesmo
solução.

a vida vem e mostra o além...
e depois diz: não.
agora não.

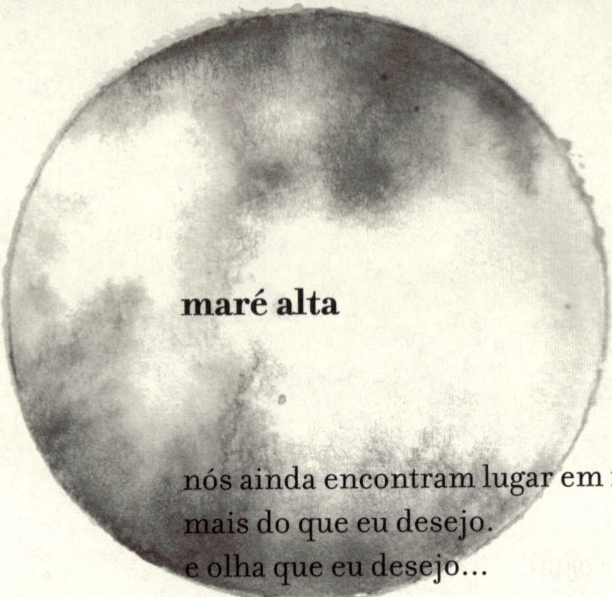

maré alta

nós ainda encontram lugar em mim.
mais do que eu desejo.
e olha que eu desejo...
não os nós.

desejo inclusive o perigo,
abismo que atrai.
e o medo não é do abismo...

demoro a transbordar:
a enxurrada assusta...
a força da onda da maré cheia na lua cheia
assusta.

me assusta assustar.

e o jeito que nos encaramos:
profundidade cristalina da maré
eu sei que não vou negar
e de repente estarei misturada
a esse olhar profundo
sem saber onde termino.

fico assim,
errante:
do perigo que sou ao me misturar
com o olhar profundo da maré alta.

me esquivo.
como se não fosse sobrar ar
nem nada mais de mim
– esse é o medo.

mal urbano

todos os dias
o íntimo da cidade
se apodera de cada uma
– sem pressa.

quando se dão conta,
preferem não dar voz

achando que é um problema privado
cria-se uma grande sombra coletiva
sobre o íntimo comum

silenciado e sem ar
ele, ainda assim,
se reproduz.

entrenós

já o meu íntimo,
nem sempre sei.

fuça, vadia,
se cansa, se perde.

quer
        – sempre!

quer sempre buscar.

quer sempre buscar um lugar
que ainda não conheça.

se põe em xeque
fantasia, inventa

desdobra o íntimo
olha bem lá dentro
com lanterna e tudo

lhe escapam os pontos cegos
íntimos apenas de seus íntimos
– e como se escondem bem!

sente falta.

na sua ilusão,
fala-se mais sobre eles cotidianamente:
seus íntimos,
e os íntimos de seus íntimos.

há muito burburinho na superfície
e pouca intimidade

quem se relaciona
quando os íntimos
não se encontram?

intertextualidades

a leitura séria de *os amantes*:
você, compenetrado no texto
eu, nas suas mãos e na sua voz

não sei se você estava mesmo gesticulando:
na minha memória suas mãos ecoavam com a
sua voz
ocupando a atmosfera da sala

aquela luz iluminando o lado direito do seu rosto
(logo o direito)
sua voz pousando sobre mim
arrepiando a minha pele
primeiro antebraços
em seguida a nuca

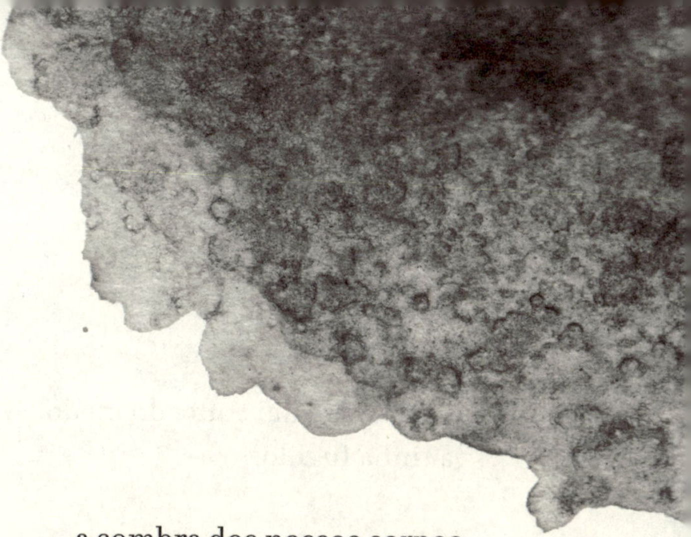

a sombra dos nossos corpos
refletida no espelho
esgueirou-se pela parede
naquele momento que não se sabe

onde começa onde termina
limites borrados
encaixe talhado
como aquelas cordas graves reverberando em
minha pele

compondo a história
mais bonita no papel
lida de um amante para outro
enquanto não fossem eles as personagens,
enquanto durasse a luz noturna.

aprisionados

quando me dei conta do medo,
já tinha fugido.

(talvez tenha visto a tempo
o mal de não deixar esmaecer)

nunca te tive
e de repente temi tua partida
como se ela pudesse me partir
assim como tua chegada
lentamente me ocupou
em espaços que eu nem sabia ter

no espelho, lembranças do que já fomos
evidências de que seguimos sendo
outros e outras de nós.

a memória aprisiona
as demais possibilidades,
ainda desconhecidas.

o fim do que não tem fim

o amor esmaeceu, deslocou
me esvaziou, desacreditei.
incapaz, me senti

não se acaba com o amor
nem se acaba o amor
ele se multiplica

realoca
refloresce
reidrata

dá,
mesmo onde parece
não ter.

o amor, fim ou tarde, é começo
(Lucas Santtana)

espera

aguardei por muitos dias
uma mensagem sua.

no dia em que eu soube que
tanto fazia se ela chegaria ou não,
vi o mundo sob outra ótica

não era questão da mensagem vir,
nem mesmo de seu conteúdo

era sobre a minha espera:
o que eu estava esperando
nunca chegaria com você.

bom mesmo foi chegar
em mim mesma
– e gostar.

sobre o que permanece

um amor
terapêutico
psicanalítico
rodriguiano.

serve ao que serve,
foi (sem servir)

e você....
você continua sendo
uma pessoa inteira,
mulher.

sempre nosso

"Antes de você ser, eu sou
Eu sou, eu sou, eu sou o amor da cabeça aos pés"
(Moraes Moreira e Galvão)

o amor
que se projeta
que se idealiza
que se dissolve
depois de transbordar

o amor
que se aprende a dar
de alguns jeitos
pra algumas pessoas

que alimenta expande vibra
peito arfante
pelos no contrafluxo
pulsando

esse amor é seu.
está em você.
não se acaba, se transporta
move-se corredeira, córrego, rio, mar

pode até secar
mas é seu
é nosso.

o amor é sempre nosso
sempre nosso.
os outros...
são outra história.

cretinices

arrepio
ao te ter
na memória

apaixono e vibro
fantasio

desejo andante:
não cessa

nem cesso eu: cretina
errante
inteira.

faíscas

o mesmo desejo
que me faísca
traz dúvidas

esse desejo é também medo
e tento disfarçá-lo em mim

apesar de saber ser uma grande tolice temer
faíscas e achar possível disfarçá-las

ainda tento,
enquanto

e
n c n
i
d e i
o

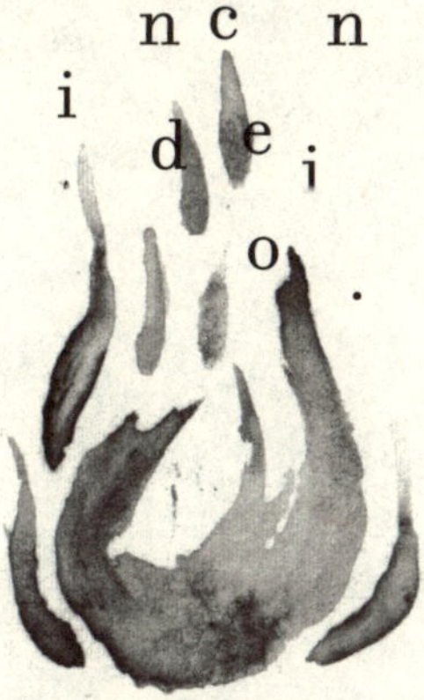

quando você não mais estiver

agora que sinto precisar cada vez mais de mim,
agora que valorizo os meus vazios,
desafio convicções empoeiradas,
sei que não me encaixo, sei bem.

agora já não me sinto
eu em relação a você
ao seu olhar
à sua presença e percepção.

agora sei:
quando você não estiver
– hoje sei! –
seguirei sendo.

encontros

no momento
em que a onda
que-
bra-
da

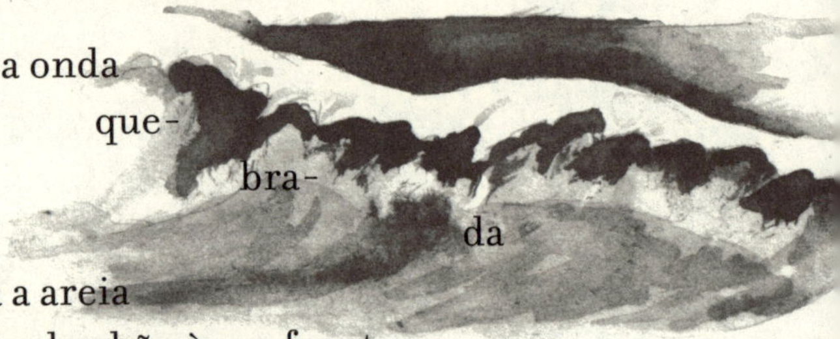

se choca contra a areia
e se esparrama pelo chão à sua frente

eu a observo:
peito aberto
tête-à-tête

nesse momento,
por um instante,
nossos segundos
se encontram
(nossos segredos, também)

seus respingos me tocam
o ar que ela movimenta me sopra
posso ver lá dentro

(como se a janela de uma casa acolhedora
pela qual, da rua, se vê
quadros, poltrona
uma luz amarela ao lado da planta,
de repente te convidasse pra entrar)

um instante e posso imaginar
toda a minha vida ali.

convicções

abro a porta
a luz ficou acesa pra me acompanhar
está quente.
silêncio abafado.

ouço apenas meus passos
e com eles, que tudo passa
que não falta nada pra ficar tudo bem,
não falta ninguém.

(mas tem espaço pra você,
meu bem)

ecos

~~de repente~~ sou arrepio que corre.
tenho olhos de uma cor que eu nunca soube,
talvez por agora refletirem os seus.

sou o entusiasmo
nos ecos do que fomos
na noite que passou
  – e que em mim, a i n d a   d u r a .

já pensei que houvesse hora certa pra sentir
mas azedam os sentimentos guardados
e depois já nem cabem.

a paixão é uma cachaça.
das boas. só que não melhora
quando engarrafada.

abalos

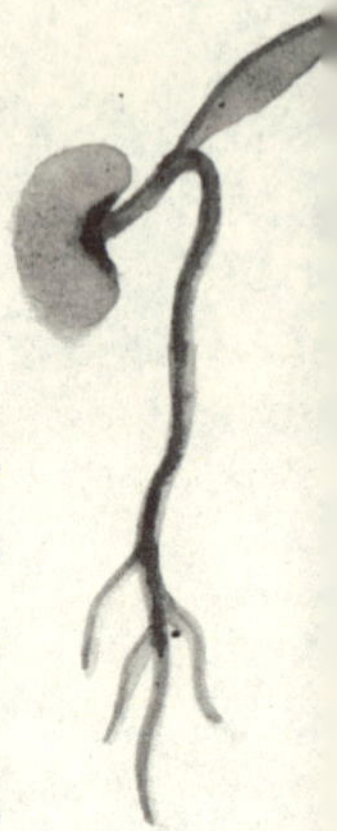

leva tempo
pra aprender como viver,
a deixar o tempo passar por nós,
e aprender que o vento ensina.
leva tempo
pra aprender como olhar e ver,
pra aprender a ser.

me apavorei pela possibilidade
de escrever poemas pra ninguém:
se você não pudesse entender minhas palavras,
jamais entenderia meus mundos.

depois que me dei conta
do tamanho da sua ausência
virei água salgada, litros e litros
e quando eu estava para (tentar) jogar fora todos
esses sentimentos
eles começaram a ganhar vida

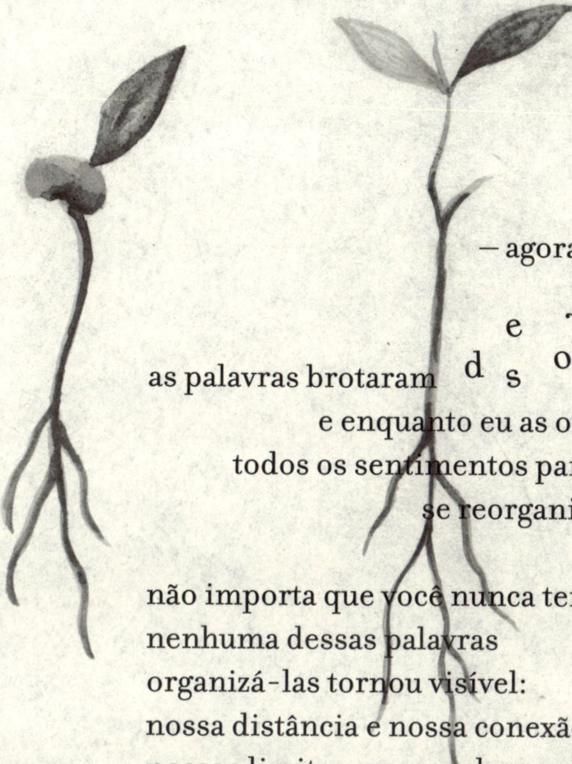

– agora na sua língua.

as palavras brotaram desordenadamente
e enquanto eu as organizava
todos os sentimentos pareceram
se reorganizar em meu corpo

não importa que você nunca tenha lido
nenhuma dessas palavras
organizá-las tornou visível:
nossa distância e nossa conexão,
nossos limites e nossas bagunças

sigo escrevendo na sua língua
em homenagem à sua presença.
mais ainda, à sua ausência

porque ambas me mostraram
a razão real do meu pavor:
– eu estava apavorada pela possibilidade
de não ser capaz de amar novamente.

"meu coração é um terreno com sede"
Luedji Luna e François Muleka

tremores

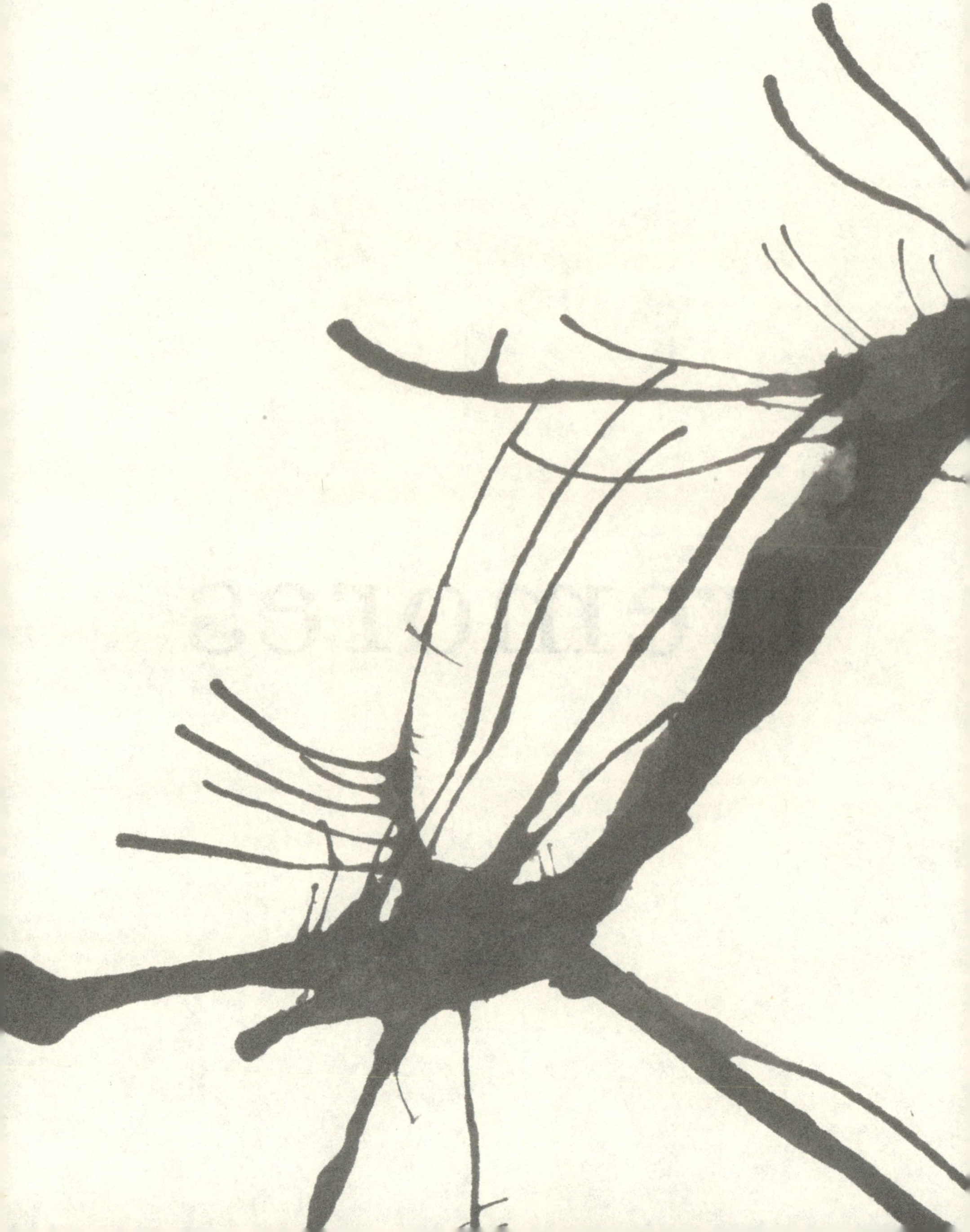

tremores

natália menhem

EDITORAS ASSOCIADAS

fim de tarde
depois do trovão
o silêncio é maior

Alice Ruiz S.

Esto que estás oyendo ya no soy yo
Es el eco del eco del eco de un sentimiento
Su luz fugaz alumbrando desde otro tiempo
Una hoja lejana que lleva y que trae el viento

Jorge Drexler

Para a gente que imagina o que ainda não há – mas deveria
haver – e segue tecendo novas realidades.

Para a gente que se questiona e segue se refazendo.

Para quem examina o que as trovoadas remexem
lá dentro de cada uma – e agradece.

Para quem está, para quem passou, para quem virá.

Para as inspirações e presenças mágicas da vida:
Maria do Porto, Vanessa Vades e dona Valdete.

não te aflijas com a pétala que voa
também é ser, deixar de ser assim
(cecília meireles)

bem-vinda

para Pilar

a dor que lhe habita vem
de dentro das suas células

o medo que lhe enrijeceu
chegou antes que se pudesse negá-lo
por quem queria lhe proteger

da dúvida, veio o vazio

do vazio, mais dúvidas
que lhe permitiram ser assim.

viver é tão mais complexo
sobreviver tão corajoso:

não se pede nada além
de que você viva. e seja.
essa força complexa que você é
desde que vingou, exatamente como você é.

bem-vinda.
você conseguiu.
o vazio.

a dúvida. a dor.

na origem de tudo estava,
antes, o amor.

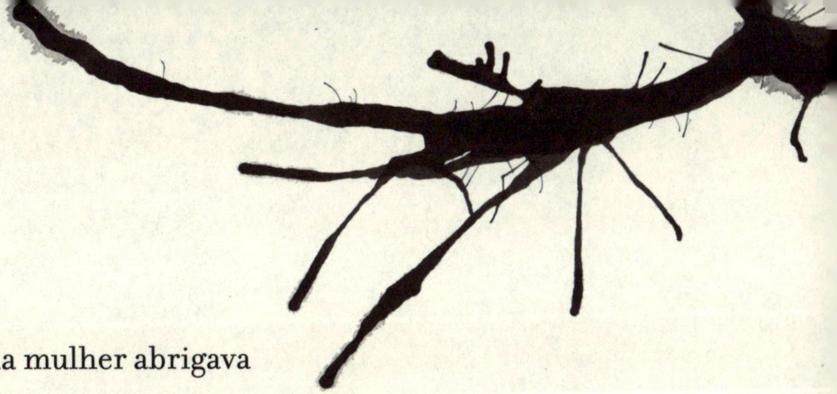

aquela mulher abrigava

esperanças, abrigava

a dúvida, o medo

a autenticidade e o cuidado

aquela mulher acolhia

a memória do que não pode ser

esquecido sem ser antes entendido.

carregava honra

e a coragem de quem, frágil frágil

deu a força que tinha

— e foi suficiente.

nela repousava o medo

de viver e falhar

de sobressair e morrer

e repousava o desejo de viver.

todos esses sentimentos

precisaram estar ali: juntos

em determinados momentos.

tudo tem seu tempo

e o tempo nunca é o mesmo.

na origem de tudo

segue estando o amor.

e, antes disso,

a precisão de aprender a amar

cada centímetro de quem podemos ser

nesse tempo que nos

entendemos humanas.

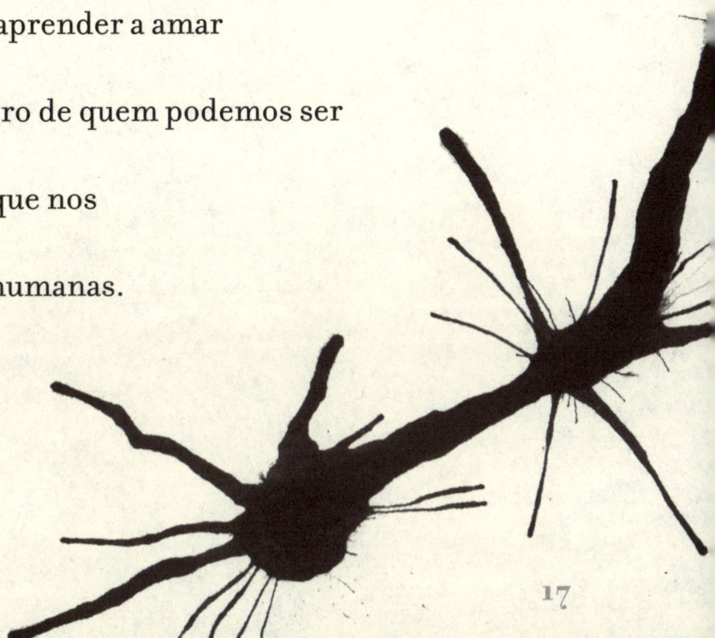

para o Guisba

formigueiro

intenso
apequenamento-formiga
gigantismo-hipocondria
engenhoso-reordenamento-confusão
morte iminente
medo minante
vida mirante
pulsa.
intensa.

retalhos

tá tudo turvo
parece que acordei há horas,
mas o dia ainda não.

ou, talvez,
meus olhos tenham ganhado
lentes baças
durante a noite.

sinto que não durmo
há dias,
mesmo tendo acabado
de acordar.

sinto dor.
e ela se move.

quase e t é r e a . . . . .
uma dor

que só existe
na minha imaginação
– sendo que vivemos
uma grande
e coletiva
imaginação.

e dói.
dói profundamente.
mais aguda
em dias cinzas.
muito mais
depois que tudo parece rodar muito e rápido,
rodar tanto que não sei
onde finda, onde começa,
aonde vai a cabeça e aonde deveriam ir os pés.

talvez
seja o cansaço:
dor de esgotamento
atormentado.

talvez
seja de andar
perdida de mim.

do esforço
contínuo
de me buscar
entre retalhos e pedaços,
partes
o
s l a
t
por aí s

não é hora
de falar de solução,
simplesmente
não é hora

talvez
eu esteja perdendo a dose
talvez
aquilo não tenha pegado bem
talvez
pudesse ter sido

. . . outra coisa

se ao menos
a visão fosse menos turva,
se ao menos
a tormenta se apaziguasse
por uns instantes,
ou se a mente apaziguasse
a tormenta inteira

se
ao
menos
a mente
se apaziguasse
da tormenta.

ao menos.

angústia

garganta
seca

pensamentos
rodantes

ideias confusas
se chocam contra as p a r e d e s
estão exaustas,
mas não param.

repetem-se
r e p e t e m - s e   r e p e t e m - s e
repetem-se   repetem-se
repetem-se   repetem-se   repetem-se   repetem-se
repetem-se   repetem-se   repetem-se   r e p e t e m - s e
repetem-se   repetem-se.   repetem-se   repetem-se
r e p e t e m - s e   r e p e t e m - s e

até entrecortarem o sono
como guerreiras
que c o r r e m

sem nem parar pra respirar
como se precisassem chegar
a algum lugar
– ainda hoje

ainda hoje é preciso chegar
ainda hoje é preciso saber
ainda hoje é preciso fazer
ainda hoje é preciso resolver

nada se resolve
pouco se sabe
a nenhum lugar se chega
quando se *tem que* o tempo todo

é esse o entremeio da angústia.

medos

há um silêncio interno
difícil de se conquistar.
e, mesmo que se conquiste,
se perde rapidamente,
fugidio.

há medos íntimos
difíceis de se nomear
e, mesmo que se chegue a um nome,
pra cada pessoa significa algo

solidão pode ser o sentimento
                    de não pertencer
                              de não se adequar
                                        de não amar
                                    ou não ser amada.

há também o medo daquilo
a que chamamos fim (ou morte)
                         que pode ser aquilo que não se conhecerá
                                                  nunca!
     — mesmo sabendo que ali está.

ou medo de quem podemos ser
quando deixarmos de ser
quem somos hoje
— o que acontece muitas vezes
numa só vida.
(viva!)

há sensações que só se conquistam
depois de muito observar:
o desconforto
a falta
a presença
a abundância

pra entender que padecemos
igualmente na essência
de todas elas.

(mas, principalmente, da falta)

furacão

como num redemoinho
uma **força** me puxa
para a base
rodando
rodando
rodando

s a c o l e j o e farejo a poeira no chão:
meu nariz chega a chamuscar.

como o redemoinho,
volto para o mesmo lugar
para sair mais acima depois

serpenteio até o topo:
de cima, há perspectiva

me engasgo
com tanto oxigênio

e vejo minha pele esvoaçar

como se fosse feita de plumas
— uma pra cada lado

cinzas
brancas
verdes
azuis
negras
roxas
vermelhas
douradas:
todas me habitavam
onde? não sei,

mas eram muitas.

cirandeando o furacão
no inquestionável
tempo do vento

no inquestionável
tempo do tempo.

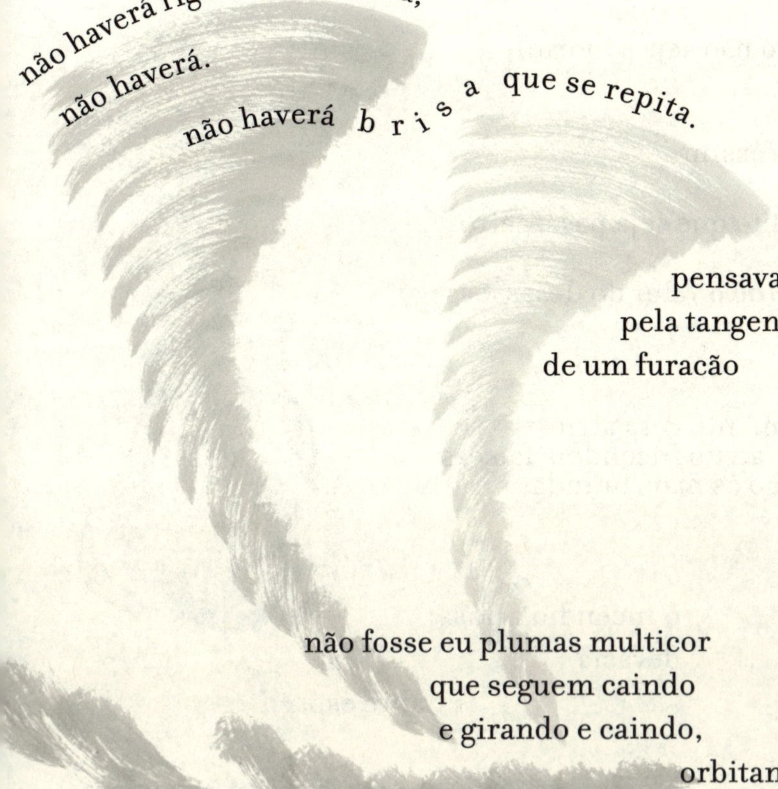

não haverá rigidez que resista,

não haverá.

não haverá b r i s a que se repita.

pensava ser possível sair
pela tangente do olho
de um furacão

não fosse eu plumas multicor
que seguem caindo
e girando e caindo,
orbitando,
sendo parte
do próprio tempo-furacão.

incêndios

mesmo que tudo se apazigue

internamente

(e isso não seja a morte)

ainda assim

acredito que seja passageiro

e ensine o valor do desassossego

movimento gera atrito
atrito incendeia faíscas
mesmo as mais brandas

o incêndio arrasa
devasta

abre espaço

e as cinzas podem
ser férteis.

tem algo de sedutor no fogo:
chamas descontroladas
cores intangíveis
formas em movimento
sempre em movimento

como a gente,
que se engana
achando

que o movimento parou

em algum momento.

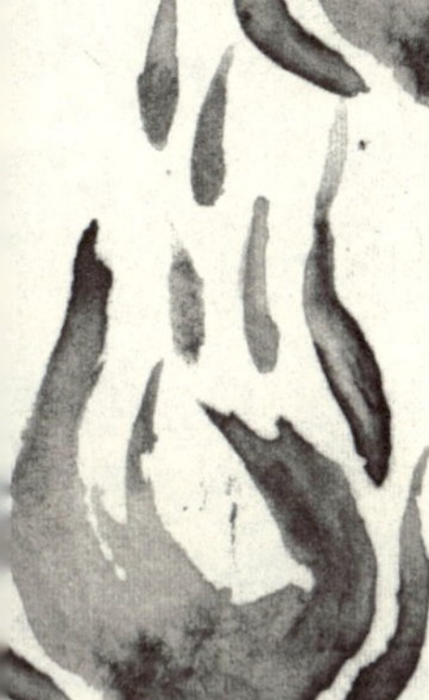

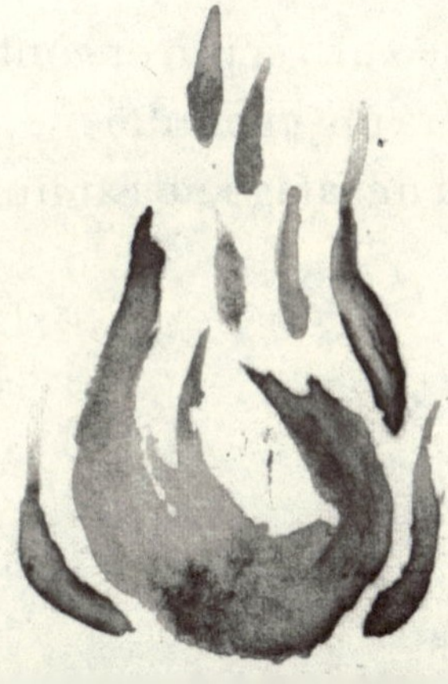

atordoamento

para Mônica Benício

uma dor-bombardeio
de desesperança

incômodos individuais
de uma cratera coletiva

a dor é real
de todas que sentem
o momento

não a afastaremos assim
não tão fácil

desoladas, ainda
podemos caminhar juntas
ao encontro de uma saída

caso não seja o encontro uma saída
será um caminho
ou um afago no caminho

nós, movidas por ideais e afetos
não podemos nos esquecer do carinho
nem dos encontros

e que possam se encontrar também
nossos fantasmas e desesperanças
que não são apenas nossos

uma humanidade inteira
pode ser o tempo necessário
pra nossa dor cessar
pra vermos as pessoas se cuidarem com amor
e realmente praticarem que nenhuma existência
é propriedade de ninguém

e nós seguiremos
juntas e firmes
acreditando que o encontro e o carinho
são também caminho.

#MariellePresente

o incêndio

como o incêndio descontrolado,
a angústia dolorida devasta e gera espaço,
fertiliza o terreno.

um espaço aberto:
prazer pra umas,
pânico pra outras.

o que será?
como será?
por que não é mais?

mesmo que nunca seja mais como foi,
depois do incêndio parece, ainda mais,
que nada será como antes.

e no espaço vazio de algo que já foi,
tudo pode ser.

inclusive o mesmo
(menos o Museu Nacional como era:
este se foi mesmo,
incendiado por um coletivo incapaz de cuidá-lo),
ou a tentativa do mesmo.

sendo que o mesmo – ou não
podem gerar angústia.

e que repetir é relativamente fácil,
mas não é certeza.

de nada.

desconforto

aquela gota de suor
que coça a pele ao brotar
e nasce quente no canto da testa
no meio das costas
no centro do couro cabeludo
(sentir a coceira
sem se coçar)

o vazio
que habita
um corpo festivo
depois que finda o êxtase
de muitos dias
(sentir o vazio
sem se ocupar)

a angústia
de se saber sem limites
ou de não saber de si:
onde se começa
onde se termina?
(sentir a angústia
sem se limitar)

o medo
do que virá
ou nem
(sentir o medo
sem nada fazer)

existir é espinhoso,
também.

sentir os espinhos
sentir o medo
sentir a angústia
sentir o vazio
sentir a coceira.

e observar.

inanimados

ridiculamente
ainda me assusto
com as humanidades de cada uma
– sem tirar as minhas.

o desejo de mudar tudo
quando a vida parece arrumada demais.

o medo
do que não se sabe que virá
(mas virá)

a tentativa de controlar as variáveis
como se fôssemos um experimento
possível

as tentativas de mascarar
a humanidade que nos habita
(a todas, igualmente)

monstros e deusas,
heróis e vilãs

por que será que achei
que viveríamos
em outra dimensão?

tornar-se

querer humanizar criaturas que já nasceram humanas
será a negação da real humanidade em nós?

o que nos faz humanas
é também
o que nos desumaniza

tudo
dentro
de uma só ser

dentro
da humanidade
inteira

que grande.
que forte.

tudo
dentro de uma, e tudo
dentro de todas.

pra não cair na tentação de expiar os cruéis
(somos todas humanas)
e salvar os humanos

ou pra cair – de boca –
nas tentações todas.

refúgios

da mente,
de mim,
dos medos que terei,
dos vazios que virei a sentir,
do abandono,
do desamor,
da solidão — não a que já conheço bem
mas a que pode vir a ser maior do que tudo.

da desgraça a que estamos todas sujeitas,
da dor que é coletiva e anda mal distribuída.

pra tudo isso
crio refúgios em mim
no sonho do novo
no entusiasmo inflado.

é que preciso
desesperadamente
imaginar a mudança
pra me ver
parte de algo.

coisas de gota
sem rio, lago ou mar
pra repousar

que precisa aprender o nada
aprender a flutuar
como pluma que muda de cor

e apenas é.

aprendizados modernos

primeiro
com os dispositivos eletrônicos,
mais tarde
com o meu estado de espírito,
aprendi:

não é preciso deixar
esgotar
para começar
a recarregar.

(aprendi, mas às vezes ainda me esqueço)

vastidão

a superfície é ampla,
uma vastidão.

é possível correr por ela
enquanto eternas forem as pessoas.

ela não se esgotará.

e, ainda,
terá terreno suficiente para despertar
ou
realimentar
uma inquietude curiosa
– também inesgotável.

tanto se corre
pra se continuar na superfície,
e a função não fecha,
nunca nunca.

uma hora, porém,
correr pela vastidão
pode se tornar insuficiente.

ou o corpo, cansado
de acompanhar as pernas inquietas.

vital

quando a superfície tremeu
viu primeiro a devastação,
depois, saiu em busca do entendimento
– pra remediar o que possível fosse.

algumas buscavam se precaver para o que virá,
outras foram buscar a causa profunda daquele estrago

no nível das placas tectônicas.

cada uma em um momento
cada uma impactada à sua maneira
por cada quebra.

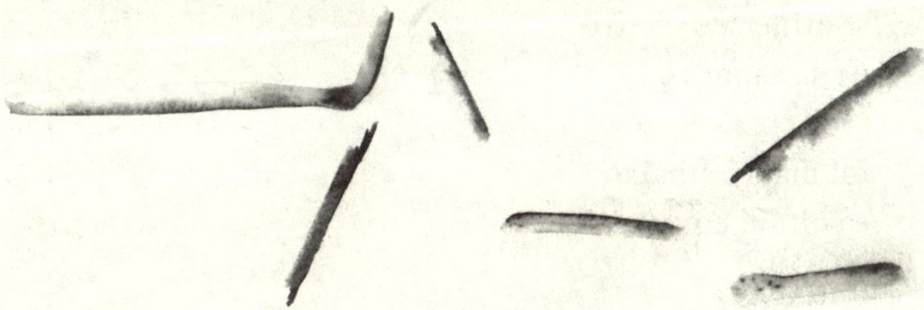

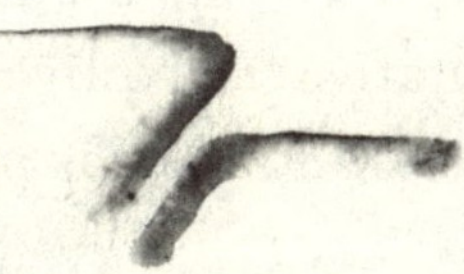

cada rua partida ao meio
cada artéria rompida
são novas portas
que se abrem dentro e fora
e permitem que o que é vivo escoe,
siga rumos
– desejados ou não –

umas dizem que nunca chegaremos
às placas tectônicas,

mas ela jurou
tê-las visto de perto,
sentido seu cheiro
e sua aspereza.

foi mais embaixo
e voltou, convicta!

de quão pouco representa
cada tentativa de explicação
para a estabilidade das profundezas.

já o contrário...
é, apenas,
vital.

pânico

uma avenida do contorno movimentada
o mineirão em dia de clássico
o almoço de sábado animado

acordando num hotel
ou numa reunião qualquer
no sofá de casa mirando o teto
e as luzes que se acendem do lado de fora.

no meio de tudo,
som ou silêncio,
me dei conta:

só ouvia o ar a me faltar

não sei se anseio pelo que virá
ou pelo momento em que nada mais
haverá de vir,
mas sei que anseio.

e que esse sentimento às vezes parece ser tudo
– ou maior que tudo.

concretude

lentamente
o que causou tanta pressa e ansiedade
acontece
agora

tanto medo
tantas dúvidas
tantas elucubrações

até que o concreto
se interpõe
quando eu já nem pensava naquilo

e nada como a concretude
dos fatos
pra concretizar também
os sentimentos

lentamente tudo muda
inclusive o que é o tudo

e me dou conta
que lentamente é algo que talvez
nem exista

e mudo de medos.

obsessivo

só aceitar o convite
depois de checar
a combinação dos signos

querer a data exata
de uma morte futura

avaliar todos os riscos
– menos o inevitável!
e seguir em frente.

profundamente abalada
na mesma direção

por inteiro

das mesmas profundezas
onde me assusto
com o imprevisível

onde acho
sentimentos insólitos
emaranhados em minhas raízes

está aquele sentimento
que me envolve
como um cafuné

quero ficar
quero correr
ficar e correr

ficar inteira,
deitada,
alerta

correr firme,
vibrante,
entregue

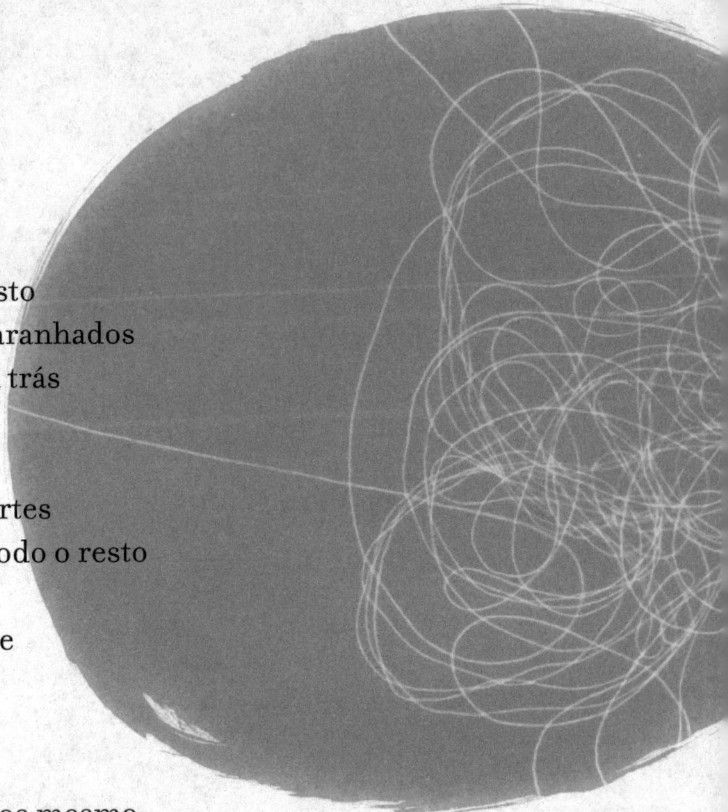

correr do susto
como se emaranhados
ficassem pra trás

fincar o pé
nas raízes fortes
despida de todo o resto

pra que brote
o que tiver
pra brotar

talvez sejamos mesmo
isso tudo e algo mais

querer ficar e querer correr
se saber inteira e faltante
cheia de convicções e vazios
natureza que se recria
sempre desejante,
enquanto sendo.

cruel

aqui e ali,
sem perceber
mais e antes
de tudo,
fui cruel comigo.

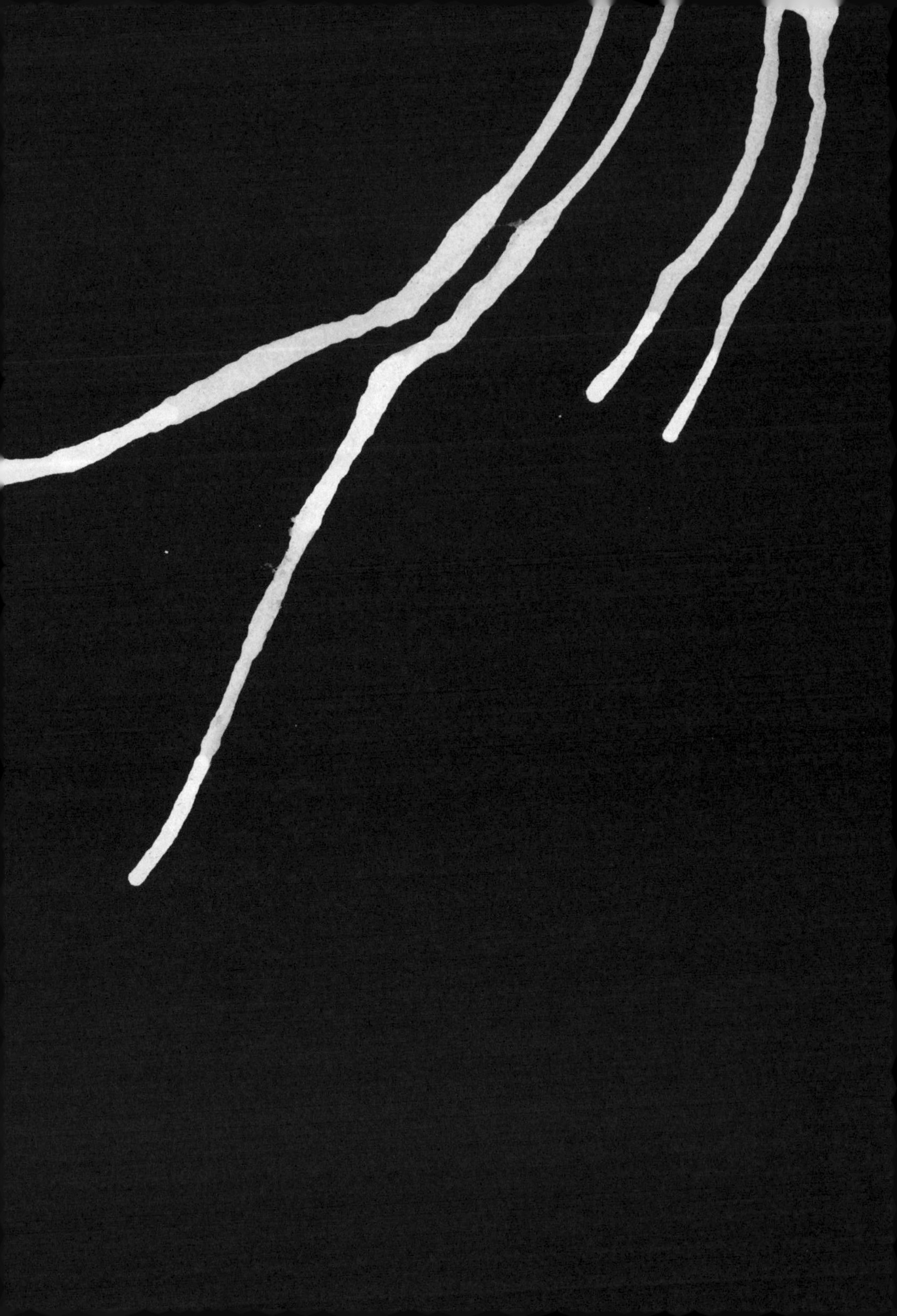

convicta

reconheci não saber nada
e no instante seguinte
falei besteiras
em abundância

sempre convicta.

contratempo

às vezes foi isto:

nasci fora do ritmo da lua

no contratempo

da madrugada.

prontidão

raiz forte
firme pra não despencar

pronta pra chacoalhar
pronta praquele próximo momento

mesmo sem se sentir pronta, pronta.
exatamente por não se sentir pronta, pronta.
jamais irretocável.
graças.

tempestade

por que temer a tempestade
se ela também passará?

está tudo bem!
me convenço,
logo ali quando veio o medo.

pode tudo chacoalhar?
como se alguma vez tivesse sido imóvel
como se fosse possível tudo chacoalhar

desacreditei
da minha serenidade
mesmo que fosse fresca
mesmo chegando após o pânico

hesitei
diante do êxito.
diante da hesitação
exitei.
temi o medo
temi a mim.

respirei.
suspirei.
inspirei.

soprei pra longe as nuvens
sob as quais devia ter me banhado

a sensação de falta de ar
é, às vezes, excesso.

inevitável

ainda não sei se um dia conseguirei
despir todas as velhas cascas em mim incrustadas,
um strip definitivo

sou quem fui e quem serei.
a mesma outra
de sempre.

me choco em minhas cercas:
o choque mais paralisante
e o mais chique

cheio dos cliques
encontrões com meus desconhecidos
e com os íntimos que já queria longe.

me chacoalho. respiro.
sigo. me choco.
e se rompem minhas cascas.

aderências

esvaziam-se as taças
acabam-se os vinhos
não há garrafas sem fim
ou tempos inesgotáveis
por mais que se repita a música
incansavelmente
os momentos seguem

o dia chega
finda o horário de verão
o dia já acaba mais cedo
agora levanto da cama com o céu claro
a mesma música ainda toca
tento esgotá-la em mim
ou fazer com que crie aderência em minha pele
entre o vinho e o café
– da manhã
da tarde
da noite –
talvez em algum momento sejamos a mesma
coisa
– a canção e eu
nos mesmos tons –
mesmo que esse momento passe
e outra canção venha me adornar:
presenças e vazios.

suspiros

suspiro:
o caminho é longo
ainda passam os ônibus
pesam os bônus
se acumulam as posses
o comércio escoa
as poses ecoam
em seu próprio vazio.

estamos entorpecidas
de lícitos que matam
de ilícitos que salvam
de autos de resistência
para os que seguirão resistindo
ao autoritarismo apavorado.

não tememos
– não juntas.
juntas amamos.
nos amamos.
e isso é insuportável ao pavor alheio.

hiato

do lado de fora, cinza quase penumbra
aqui não há tristeza, nem euforia
mesmo quando há lágrimas que escorrem
abundantemente.

há uma emoção profunda
ao perceber que o cinza e a penumbra
chamam as luzes
que se acendem lentamente.

já sinto falta
do que só pude ver
na penumbra.

do lado de fora a chuva cessou
na rua de paralelepípedos as folhas das árvores
varrem o chão
as luzes já se apagaram.

galhos dançantes,
sombras em movimento
estranhamente, silêncio.

o encontro que morreria se eternizado

as ondas sob o quentume
das brasas do mar

aquecendo as areias com o peso
das brasas do mar

maré quando aquece não se desliga
nem vem sempre no mesmo horário
que é pra não cair na rotina:
em certas épocas do ano
aparece nos mesmos instantes
das fagulhas solares mais quentes

as areias repousam sobre os ossos,
músculos e cavidades, tendões,
carne amarela e vermelha,
fuligem mais sutil da terra.

seriam pele esfarelada
(pudessem nascer de novo)

são as que arrepiam
ao toque das fagulhas solares
que parecem não querer se despedir:
quase queimam e ainda assim acolhem,
deixando as areias coradas.

inconsoláveis, transbordam:
paciência e pressa

a paciência de talhar o oásis
a pressa de derramar o desejo abundante

oceano em brasa,
fuligem ao ponto pra bem,
pra cada choque de moléculas
um deslocamento abre
novas dobras na areia

de novo, combustão.
brasa e fuligem
evaporam
– como pode um fogo
tão molhado?

a fuligem seca a fogo baixo.
está mudada.

agora, escuta a noite.
com paciência e desejo,
redesenha seu oásis
e agradece às nuvens por mais um dia:
não poderia seguir desenhando
seu tão esperado oásis
com sentimentos arranhados.

na companhia das estrelas
sempre sente mais paz

gostaria de mantê-la
quando as fagulhas solares
chegassem

mas as fagulhas são o sinal constante
do que não virá.
nunca.

por isso, confundem.
atiçam. irritam. derretem.
antes de se deixar apaziguar pela ausência.

nessas horas   a pa zi gua das
o encontro das ondas e das areias
não é mais fuligem e brasa,
mas água fresca e gelo
no eterno misturar
desacanhado solvente

f l u i
d o
s

ora oásis
ora combustão
sempre reflexos do desejo

objeto e sujeito se realizam
e no mesmo instante se deslocam
se realizam e se deslocam

fluidos.
e sempre em movimento.

para a posteridade

quando eu morrer
espero poder ser cinzas
só para dançar
entre as nuvens e nas águas

envolvida pelo azul ensolarado
num acolhedor abraço
de um céu de inverno (em Beagá)
e de um mar de verão (na Bahia)

me fundir ao horizonte infinito,
a tudo que agora só é
pela lembrança.

um caminho constante

chegaria o dia em que
o único caminho possível
seria a partida.
se despedir de si.

entendia tanto
tudo do jeito que era hoje
que partir demandava coragem
em músculos compridos.

renovar a esperança
se dedicar ao que sempre esteve ali,
pulsando:
partir para novos caminhos.

para todas as pessoas que
sentem a dor de Brumadinho

tremor somos

tremores internos já abriram infiltrações
em quase todo ser que se admitiu vivo.
não é confortável. no rearranjar das placas
somos inundados por uma umidade
que pode cheirar a mofo, um líquido
que não se sabe de onde vem, fica difícil
respirar, o limo parece entrar nos pulmões
o nariz tão tomado que já não cabe nada

parece o fim.
porém, pode-se sair mais forte.
essa é a sorte.

há, *purtroppo*, a falta dela.
os tremores externos
reais, coletivos, criminosos
que não nos permitem ilharmo-nos

e de repente – sendo que nada é de repente –
os tremores da terra rompem as obras
mal-acabadas dos homens

– i realized quickly when i knew
i should that the world is made up
of a brotherhood of men
for whatever that means –

* What's up
Linda Perry

quando a lama humana eclode
e entra nos estabelecimentos comuns
lojas escolas casas carros caminhões
eu você e aquela moça que ainda nem conhecíamos

a lama eclode
a lama eclipsa
e nos ocupa – sedenta
pela nossa esperança

não estou na beira do córrego do feijão
mas ainda assim, a lama me ocupa.
a lama nos assusta

já não somos os mesmos.
como terra, fomos rompidos
por mãos corrompidas

estamos cercados
todos os morros podem ceder
e nossa memória desmoronar

nunca foi tão presente a ideia
de que pode não haver amanhã

minha pele agora cheira a lama
lama diferente daquela que eu me banhava
com meus primos,
brincando sob a regência de minha avó

esta lama é criminosa
são brancas as mãos que a desaguaram
mãos brancas de cabeças perversas
(porque não há pena para a perversidade?)

não têm mais corpo
os nomes que elas levaram
nem sossego para os que ficaram

minha pele cheira a lama
e a poeira que agora se desprende
das paredes soterradas
do vento dos helicópteros
do hálito de quem aguarda

é a minha alma.

autora Natália Menhem
ilustrações Caroline Gischewski
projeto gráfico e diagramação Caroline Gischewski
revisão Valter Braga

editores Alencar Perdigão
Cláudia Masini
Luciana Tanure
Thásia de Medeiros

[1ª edição – 2019]

esse livro foi composto em filosofia
e impresso sobre papel pólen bold 70g/m²
para a Quixote+Do Editoras Associadas

FSC www.fsc.org MISTO Papel proveniente de fontes responsáveis FSC® C092828

PRINTED WITH SOY INK®

Catalogação na Publicação (CIP)

M544

Menhem, Natália
Tremores nômades e fortes / Natália Menhem ; ilustrações Caroline Gischewski. - Belo Horizonte : Quixote+Do Editoras Associadas, 2019.
172 p.: il. p&b
ISBN 978-85-66256-42-0
1. Poesia brasileira. I. Gischewski, Caroline. II. Título.
CDD B869.8

bibliotecária responsável Fernanda Gomes de Souza CRB-6/2472

Quixote+Do Editoras Associadas
www.quixote-do.com.br
rua fernandes tourinho, 274.
belo horizonte, mg, brasil.
(31) 3227.3077

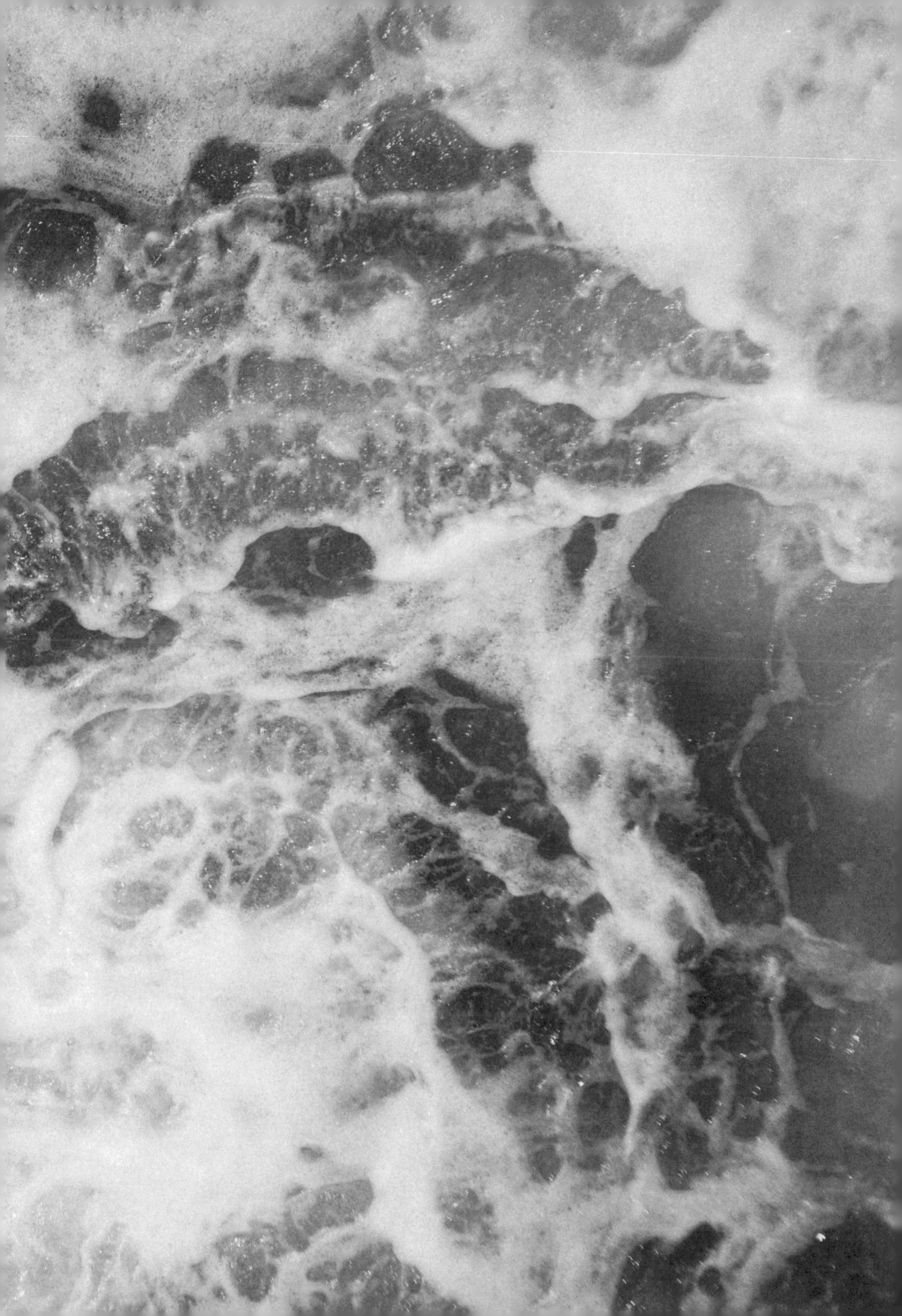

"Riobaldo, a colheita é comum, mas o capinar é sozinho..." (Guimarães Rosa)

Tem um certo capinar de terras internas acometidas por tremores eventuais, que, como disse Compadre meu Quelemém, é sozinho. Mas tenho a sorte da colheita comum – e muito bem acompanhada. A essas pessoas, que são tantas, agradeço imenso e sempre – mesmo que não saibam.

Agradeço à Luciana Tanure, da Quixote+Do, por me dar a mão e me acompanhar de forma tão acolhedora e entusiasmada nesta caminhada de fazer nascer um livro (ou dois). À Carol Gischewski, por abraçar o desafio de dar volume a este livro com tanto sentimento e poesia – ele jamais seria o mesmo sem a sua marca. E às duas juntas, por esse processo tão único e especial.

Ao Alencar, à Claudia e à Thásia, da Quixote+Do, pelo carinho e acolhimento.

À Cris Lisbôa, principalmente pela colaboração nos poemas atordoamento e todo nosso.

À Amanda Monteiro e à Patrícia Von Kruger, por transbordarem este livro em suas artes, me mostrando poesia dentro da poesia.

À Juliana Myrrha, por abrir a casa para este nascimento.